한국 희곡 명작선 16

밥

한국 희곡 명작선 16

밥

김나영

평민사

김수영

밥

2008년 作 / 2016년 여름공연
연출 문삼화
조연출 승리배
제작 박용범
가톨릭 청년회관 CYC씨어터 6/24~7/24

등장인물

김충현 : 김재건. 70대 초반. 은퇴한 老사제.

이윤정 : 강애심. 50대 후반. 충현의 食복사.

젊은 윤정 : 조승연. 20대 후반부터 40대 초반까지.

조혜원 : 김지원. 30대 후반. 다큐케이블방송 PD.

김성권 : 윤관우. 30대 중반. 다큐케이블방송 카메라맨.

박씨 : 현대철. 60대 중반. 집주인.

가을빛에 물든 한적한 시골길. 윤정이 자전거 페달을 밟으며 길 끝에서 모습을 드러낸다. 두 개의 뒷바퀴 사이에 짐칸을 넓게 만들어 개조한 세발자전거인데 짐 대신 충현을 태우고 있다. 충현이 불편하지 않도록 세심하게 손을 본 흔적이 역력하다. 두 사람 모두 행색이 초라하여 노숙자나 다름없어 보인다. 자전거핸들이며 짐칸이며, 걸 수 있는 곳 어디든 커다란 비닐봉지가 주렁주렁 달려있다. 작은 자전거 안에 온갖 살림살이들이 다 매달려 있는 듯하다. 짐칸에 앉아 동그란 뻥튀기 과자를 야금야금 깨물어 모양 만드는 일에 열중하고 있는 충현. 윤정이 구성진 목소리로 〈밥타령〉을 부른다.

윤정	나라님 높다한들 밥 안 먹고 사나
	걸뱅이 없다한들 밥 못 먹고 사나
	있는 놈 먹어봤자 어차피 밥 한 공기
	없는 놈 굶어봤자 어차피 밥 한 공기
	밥 밥 밥이야 밥 밥
	밥 밥 나 살리는 밥
	밥 밥 밥이야 밥 밥
	밥 밥 너 살리는 밥
충현	얼쑤!
둘이서	밥 밥 밥이야 밥 밥
	밥 밥 나 살리는 밥
	밥 밥 밥이야 밥 밥

밥 밥 너 살리는 밥

충현   임자! 쉬 마려!

윤정   쉬요?

윤정, 얼른 충현을 부축해서 나무 뒤로 모셔 간다. 돌아 나와 충현이 볼일을 끝낼 때까지 쪼그리고 앉아서 기다리는 윤정.

윤정   요즘은 아침에 눈 뜨면 감사하다는 생각이 제일 먼저 들어요. 이렇게 파란 하늘도 감사하고, 울긋불긋 꽃치장한 나무들도 감사하고, 시원하게 부는 바람도, 쟁알쟁알 시끄러운 시냇물도… 참 감사한 것들뿐이지 뭐예요.

충현   철들었네.

윤정   그러게요. 다시 살라고 하면 진짜 잘 살 수 있을 거 같은데 벌써 거진 다 살았으니 이를 어쩐대요.

충현   나야 다 살았지만 임자는 아직 멀었지.

윤정   그렇게 부르지 마시래두 자꾸! 가만 보면 은근 즐기신단 말이야.

충현   관 짜고 드러누울 나이에 남의 눈 무서울 게 뭐야.

윤정   제가 듣기 싫어 그래요. 늙었어도 여잔데, 기왕이면 한 살이라도 젊은 남자한테 찍어붙여야 좋죠. (하다 과자봉지를 보고) 많이도 주워 드셨네! 주전부리 많이 하면 밥맛 없어진다고 몇 번을 말해요. 딱 다섯 개만 드신다더니 거진 다 드셨네, 다 드셨어. 점심은 어떻게 자시려구

이딴 과자쪼가리를 그렇게―

충현 (말을 가로채며) 늙었어? 입만 열었다 하면 잔소리가 땡중 염불 외듯 해! 아고, 다리 저려.

충현, 앞섶을 여미면서 나무 뒤에서 나와 엉뚱한 곳으로 간다. 잡아와 나무그늘에 앉히는 윤정.

윤정 어딜 가시려구요.

충현 집에.

윤정 제가 모셔다드리는 길이잖아요.

충현 임자가 모셔다주는 길이야?

윤정 네.

끙 소리를 내는 충현. 윤정이 충현의 무릎을 정성스레 주물러준다.

윤정 가만 앉아 있기 고단하시죠?

충현 가만 앉았는데 왜 고단해? 좀이 쑤셔 그렇지.

윤정 (웃으며) 좀이 쑤시긴 쑤실 거예요. 온 동네 간섭 안 하는 집 없이 싸돌아 댕기시던 양반이 구루마에 올라 타 요러고 앉아만 있으려니 오죽하겠어요.

충현 가만, 오늘이 무슨 요일이지?

윤정 무슨 요일이면 왜요?

충현 수요일날 요한이네서 두부 한다고 오라 그랬는데!

윤정 어떤 요한이네요?

충현 어떤 요한이는 어떤 요한이! 이장질 해먹는 요한이지.

윤정 그 요한이는 재작년에 돌아갔잖아요.

충현 누가? 요한이가?

윤정 예. 기억 안 나세요? 장례미사 때 자매님이 초를 너무 가까이 껴안고 우는 바람에 미사포에 불붙어서 난리 났었는데.

충현 (그제야 생각난다는 듯) 으응… 그랬지… (다시 문득) 어쩌다 죽었지?

윤정 술 먹고 오토바이 타다 다리에서 떨어졌잖아요. 진짜 기억 안 나세요?

충현 그놈, 내 그럴 줄 알았어. 술 끊으라고 그렇게 말했는데 말도 더럽게 안 처먹더니만. (갑자기) 아이고! 요한이가 죽었구나! 불쌍한 어린것들 놔두고 어찌 눈을 감았누!

윤정 죽은 지 벌써 2년도 더 됐으니까 그만하세요. 그리고 그 집 아들들 벌써 다 커서 큰애는 대학 들어갔구만 어린것들은 무슨…

충현 (뚝 그치고) 그럼 두부는?

윤정 애들 가르치느라 쌔가 빠지는데 어떤 손이 놀아서 두부를 해요.

충현 쩝… 요한이네 손두부가 맛있었는데… 자네가 가끔 들여다 봐. 갈 때 빈손으로 가지 말고 사무실에 헌미 들어온 거 있으면 갖다 넣어주고.

윤정 (가만히 충현을 본다) 이럴 땐 제법 멀쩡하시단 말이야.

충현 뭐랬냐?

윤정 아니에요.

충현 (둘러보며) 산수가 그림 같다. 밥이나 먹고 갈까?

윤정 시장하세요?

충현 점심 뭐 줄 거야?

윤정 뭐 잡숫고 싶으신데요?

충현 말하면 다 나와?

윤정 나올 만 하면요.

충현 음… 1년 묵은 김장김치에 생물꽁치 넣고 지져낸 묵은
      지꽁치찜.

윤정 (빤히) ……

충현 아니면 민물새우로 국물 시원하게 우려내서 시래기 듬
      뿍 넣고 끓인 시래기털래기.

윤정 (빤히) ……

충현 그것도 아니면 양념꽃게찜 해서 게딱지에 밥 비벼먹을
      까?

윤정 비린 것 안 올린다고 심술부리시는 거죠?

충현 누가 뭐래? 없음 말구.

윤정 아까 고구마밭 지날 때 줄거리 잔뜩 뜯어놨길래 한 봉
      다리 얻어왔어요. 자박자박하게 찌개 끓여드릴 테니까
      밥 위에 얹어서 쓱쓱 비벼 먹읍시다.

윤정, 벌써 자전거에 매달아 놓았던 비닐봉지를 가져다 고구마순을 꺼내고 껍질을 벗겨 소쿠리에 담기 시작한다.

충현 고구마순 찌개?

윤정 칼칼한 거 좋아하시니까 청양고추 두어 개 썰어 넣을게요. 양념장 쭉쭉 끼얹으면서 자작하니 끓이면 고구마순이 제 철이라 달달하니 맛날 거예요.

충현 그러든가.

윤정 어째 반응이 신통찮으시네.

충현 내가 어린앤가 뭐. 난 밥투정이 뭔지도 몰라요.

윤정 여태 한 건 밥투정이 아니라 반찬투정이죠?

충현 근데 오늘 따라 왠지 동치미국수가 먹고 싶네요.

윤정 (말투를 흉내 내며) 오늘은 왠지 참으셔야겠네요.

충현 그럼요. 난 밥투정이 뭔지도 모르거든요.

윤정 (웃으며 어르듯) 나중에 해드릴게요. 동치미국수는 한겨울에 먹어야 제 맛이잖아요. 무가 마침맞게 익어 시지도 맵지도 않을 때라야 국물 맛도 알싸하니 사이다처럼 톡 쏘구요.

충현 네, 네. 죽기 전에만 해주세요.

윤정 자꾸 심술 피실 거예요? 아, 우물가서 숭늉 찾는 격이지! 김장철도 멀었는데 어떻게 동치미국수를 대령해요?

충현 그럼요. 없는 거 없이 다 있는 세상이면 뭐 해요. 난 밥투정이 뭔지도 모르는데요.

윤정	없는 거 없이 다 있는 세상이라도 음식은 제 철따라 먹어야 맛이 나는 거예요. 지금 먹는 동치미국수가 한겨울 그 맛이 날 거 같애요? 꽁꽁 언 땅 밑에서 천천히 곰 익어야 무가 아작아작하고 국물이 쩡 하지. 요즘 날씨에 담궈봐요, 무는 안 익어서 댑다 아리기만 하구 국물은 디리 시어 꼬부라진다구요. 늘 그러셨잖아요. 식물이고 동물이고 다 나고 살고 지는 때가 있게 마련인데 순리대로 먹고 살아야 탈이 없고 몸도 건강하고–
충현	(말을 막으며) 아, 됐어! 동치미국수 한 그릇 먹고 싶다는데 부활절 강론 길어지듯이 웬 말이 이렇게 많아?
윤정	그쵸? 부활절 강론이 원래부터 그렇게 긴 게 아니죠?
충현	길어봤자 1박2일을 해, 2박3일을 해? 나야말로 강론 길다고 미사 중에 부활계란 까먹는 신자는 조선팔도에 임자뿐이 못 봤네!
윤정	(겸연쩍게 웃으며) 잠깐 딴 생각하다 손에 계란이 있으니까… 아, 그 얘긴 왜 또 꺼내고 그러세요. (하다 호들갑스럽게) 참참! 어제 밤에 횡재할 꿈을 꿨나, 아까 주무실 때 산에 잠깐 올라갔다 뭘 봤는지 아세요?
충현	산엔 괜히 왜 올라가?
윤정	참나무 많길래 도토리 주우러 갔죠. 맞혀보세요. 제가 뭘 봤게요?
충현	얼굴이 발그레한 거 보니, 벌거벗고 뛰어다니는 사내놈이라도 봤어?

윤정 에구 정말! 누가 들을까 무섭네. 암만 그거저거 했어도 그렇지 체면은 쌈 싸드셨나.

충현 그거저거가 뭐? 노망났다구?

윤정 (펄쩍) 아니, 그런 게 아니구요… (하다가 자전거에 매달린 봉지를 풀어 보이며) 이게 뭐게요? 향 좀 맡아보세요. 이게 바로 말로만 듣던 자연송이에요. 두 송이뿐인데도 향이 아주 진동을 하죠? 이래서 자연송이, 자연송이 하는 모양이에요. 이게 돈 주고 사려면 얼마야…?

충현 (좋으면서) 비싸겠지?

윤정 올해 자연송이가 풍년이라는 얘길 얼핏 듣긴 했는데, 아 이것도 눈구녕이라고 기특하게 그게 다 보이구. (킥킥거린다) 쌀이랑 섞어서 송이밥 해드릴까요? 고구마순 찌개에 비벼 먹으면 둘이 먹다 둘 다 죽어도 모를 정도로 맛날 텐데…

충현 둘 다 죽었으니 당연히 모르지.

살짝 군침이 도는 걸 짐짓 아닌 척 하는 충현.

윤정 (장난스레 웃으며) 안 땡기시면 저 혼자 다 먹구요.

충현 배고파! 아무 거라도 빨랑 줘.

윤정 알았어요. 제가 손이 안 보일 정도로 빨리 다듬어서 얼른 밥 안치고 찌개 끓일게요. 조금만 참으세요.

윤정, 서두른다. 이상하다는 듯 주위를 둘러보는 충현.

충현　근데 왜 계속 한 자리만 맴도는 거 같지? 아까도 봉우리가 저만큼 있었는데 아직도 봉우리가 저만큼 있잖아.

윤정　낼모레면 저도 환갑이에요. 이 나이에 포장도 안 된 시골길에서 자전거 타는 게 쉬운 일인 줄 아세요?

충현　환갑이라니? 자네가 내 큰누님뻘이야?

윤정　예?

충현　내년이 큰누님 환갑이라고 자네가 며칠 전에… (하다 뭔가 이상하다) 내가 올해 몇이지?

윤정　글쎄요.

충현　마흔일곱? 여덟?

윤정　아이구, 영계시네!

충현　근데 내가 왜 자네한테 반말을 하지?

윤정　그러게 말이에요. 지금부터 누님이라고 부르실래요?

충현　(눈가의 주름을 검지로 짚어가며) 늙었어요. 많이 늙었어요, 우리 누님.

윤정　누님 아니에요. 호박이에요. 호박마리아.

충현　호박마리아예요? 근데 참 이상해요.

윤정　뭐가요?

충현　분명히 아까 전에 송이밥에 고구마순 찌개 비벼서 한 그릇 뚝딱 해치웠던 거 같은데… 배가 고파!

윤정　아직 안 드셨어요. 봐요. 제가 고구마줄기 다듬고 있잖아요.

충현   (보다가) 안 먹었어? 아니, 해가 중천에 떴다 꼴딱 넘어 가게 생겼구만 여태 아침도 안 주고 뭘 해?

윤정   아침을 왜 안 드려요? 아침 다 자시고 벌써 점심 준비 하는 건데.

충현   그래? (잠시) 아, 뱃가죽이 등가죽에 달라붙게 생겼구만 이제 고구마줄기 다듬어서 어느 세월에 입구녕에 밥숟 가락을 집어넣어?

윤정   아이고, 알았어요. 얼른 쌀 씻어 안칠게요.

윤정, 일어나 자전거에 매달린 봉지에서 돗자리를 꺼내 펼쳐 놓고 브루스타랑 작은 놋쇠솥 등을 꺼낸다. 쌀자루에서 쌀 한 바가지를 퍼 들고는 고구마줄기 소쿠리를 옆구리에 낀다.

윤정   어디 돌아다니지 말고 여기 앉아 쉬고 계세요. (돌아서려 다) 와서 안 계시면 저 혼자 송이밥 다 먹어버릴 거예요.

충현   잔소리는… 어여 다녀와.

윤정, 걱정스레 돌아보며 둔덕 아래로 사라진다. 혼자 남은 충현, 멍하니 하늘도 보고 나무도 보고 새소리도 듣다가 윤정 이 부르던 밥타령을 흥얼거려본다. 젊은 윤정(20대 후반)이 걸어온다. 머리에 상중임을 표시하는 흰 리본을 꽂았다. 젊은 윤정을 발견하더니 조금 놀라며 윤정이 사라진 둔덕 아래를

바라보는 충현. 그러다 옛 환영에 사로잡혀 젊은 윤정에게 다
가간다.

충현　　마리아…?

젊은윤정　네, 신부님…

젊은 윤정, 쭈볏거리며 충현 곁으로 다가온다.

충현　　상중인 게야?

젊은윤정　(어리둥절해서) 네?

충현　　그러니까… (차츰 과거 속으로) 아버지, 자네 아버지… 그
　　　　래. 묏자리는 잘 썼더구만.

젊은윤정　(끄덕이며) 볕이 좋아요.

충현　　음… 어디 할 만한 일은 찾아봤고?

젊은윤정　(고개를 저으며 낮은 한숨) ……

충현　　아직 더 쉬면서 천천히 알아봐도 되지 뭐.

젊은 윤정, 부끄러워 고개도 들지 못한 채 한숨만 쉰다.

충현　　이렇게 하면 어떨까? 성당에 사무장님이 계시긴 하
　　　　지만 마리아가 일을 좀 거들어드리면 좋겠는데.

젊은윤정　저 같은 게 그렇게 어려운 일을 어떻게…

충현　　어렵긴. 그냥 은행 심부름하고 교적 정리나 돕는 일인

걸. 읽고 쓸 줄은 알지?

젊은윤정 (당황하여 고개를 더 푹 숙이고) ……

충현 아… 어려서 어머니 돌아가시고 줄곧 살림만 살았다고 했지? (고민한다) 뭐라도 잘 하는 일이 있으면 좋을 텐데…

젊은윤정 (알아들을 수 없게 웅얼웅얼) 밥이요…

충현 뭐?

젊은윤정 (고개를 들고) 밥이요. 밥 짓는 거요.

충현 밥?

젊은윤정 일곱 살 때부터 밥 해먹고 살아서 할 줄 아는 게… 밥뿐이에요.

충현 잘 됐네. 마침 마땅한 식복사 없나 찾는 중이었는데.

젊은윤정 네?

충현 내 밥도 해줄 수 있지?

젊은윤정 제가 신부님 밥을요?

충현 응. 마리아가 내 식복사를 맡아줬으면 좋겠는데, 해줄 수 있겠어?

젊은윤정 네, 신부님. 맡겨만 주시면 제가 하루 세 끼 따순 밥으로 올려드릴게요. 어떤 음식 좋아하는지 알려주시면 뭐든 다 해드릴 수 있어요.

충현 (웃으며) 난 김치만 있어도 한 그릇 뚝딱 해치워.

젊은윤정 김치도 잘 담가요. 배추김치, 총각김치, 깍두기, 파김치, 갓김치, 동치미…

충현   됐다, 됐어. 그 정도면 충분히 합격이다.

두 사람 모두 큰소리로 웃는다. 젊은 윤정이 사라지고 충현 혼자 껄껄 웃고 있다. 둔덕 위로 모습을 나타내는 현재의 윤정. 이상하다는 듯이 충현을 쳐다본다.

윤정   왜 혼자 웃고 그러세요?

충현, 윤정을 보자 잠시 혼란을 느끼더니 두리번거리며 젊은 윤정을 찾는다.

윤정   왜요?

충현   임자…?

윤정   그렇게 부르지 마시라는데요. (식사 준비하며) 신부님이나 저나 피차 머리 한 번 못 올려본 사람끼리… 아, 그러다 행여 누가 알아보기라도 해봐요. 김아무개 신부가 늘그막에 노망나더니 어디서 호박같이 생긴 여자 하나 데리고 살더라, 소문 쫙 퍼질 거 아니에요. 아이고, 망신 망신 개망신이 따로 없지. 기왕 아니 땐 굴뚝에 연기 나려거든 꽃같이 젊고 고운 여자랑 나시든가! 저야 젊기를 하나 곱기를 하나… (아무 대꾸 없자 이상해서) 왜 그래요? (보며) 무슨 일 있었어요?

충현   마리아 못 봤어?

윤정	마리아 여기 있잖아요.
충현	임자 말고 우리 호박마리아.
윤정	제가 호박마리아잖아요.
충현	(찬찬히 살피며) 임자가… 호박마리아야?
윤정	예.
충현	아닌데… 호박마리아는 방금 저기… (하며 아무도 없는 곳을 멍하니 바라본다)
윤정	꿈꾸셨어요?
충현	꿈…?
윤정	맞네. 잠깐 조셨던 모양이네.
충현	(눈을 비비고 다시 봐도 아무도 없다) 꿈이란 말이지…? 근데… 자네 여기서 뭐 해?
윤정	밥하지 뭐 해요.
충현	(계속해서 혼란을 느끼며) 시집간다 그래놓고 왜 여기 앉아서 밥을 하고 있어?
윤정	(당황스러움을 애써 감추고) 시집 안 갔어요.
충현	시집을 안 갔어? 왜?
윤정	(짐짓) 제가 시집 가버리면 신부님 밥은 누가 해드려요? 김치만 있으면 잘 드신다더니… 어떤 식복사가 들어올지 고생길이 훤하다 싶어서 이놈의 발길이 떨어져야 말이죠.
충현	그렇다고 시집을 안 가?
윤정	안 가면 어때서요. 신부님 입맛 하나도 간신히 맞춰드

리는데 시어른에 남편 입맛까지 맞춰가면서 살 자신 없어요.

충현 (잠시) 잘 했어. 내 그 녀석 첨부터 마음에 안 들었거든.

윤정 왜요?

충현 마리아 어디가 좋으냐 물었더니, 시부모 하나는 잘 모시게 생겼다는 거야.

윤정 그 사람이 그래요?

충현 응! 아니, 지사람 고르면서 시부모 잘 모실 사람으로 골라? 시부모 죽고 나면? 그럼 안 데리고 살 건가?

윤정 미워하지 마세요. 그래도 그 사람한테는 제가 미안한 게 많은데.

충현 뭐가 미안해? 안 미안해도 돼. 우리 호박마리아 인물이 어때서. 그놈 인물이야말로 봐줄만한 데라곤 하나 없더구만. 나한테 뭐랬는지 알아? 불 끄고 방에 들어가면 그 여자가 그 여자래. 생각할수록 부아 나네! 수절 총각 앞에서 염장 지르는 것도 아니고 말이야.

윤정 아구, 별 소릴 다 하셔.

충현 내 말이 틀려? 잘 관뒀어! 어디서 시부모 잘 모시게 생긴 여자 데려다 시집살이나 호되게 시켜먹겠지.

충현이 윤정의 발을 실수로 툭 건드린다.

윤정 아!

충현   왜?

충현, 무심코 윤정의 발을 보고는 깜짝 놀란다.

충현   피난다.
윤정   아니에요. 피는 무슨… 김치 국물이구만.
충현   이리 봐. 피 맞잖아!
윤정   김치 국물 묻은 거라니까요.

충현이 발을 만지려고 하자 얼른 감추는 윤정.

윤정   냄새나는 발은 왜요. (부러) 가루거쳐요! 밥 할 동안은
          절루 가 계세요.

충현, 윤정을 빤히 쳐다보고 있다. 화난 엄마 눈치 보는 아이
처럼.

윤정   별거 아니에요. 물집 잡힌 게 터졌나본데 정말 몰랐어
          요.
충현   …… 많이 아파?
윤정   아프긴요. 놀라서 그렇지 안 아파요.
충현   ……
윤정   뭘 그렇게 봐요. 진짜 괜찮다니까요.

충현   약 사서 발라. 놔두면 흉 져.

윤정   봐줄 사람도 없는데 흉이야 지든 말든… (짐짓) 이까짓
       거 아무것도 아니에요. 물집 터진 자리에 새살 돋고 다
       시 터지고 새살 돋고… 그렇게 열 번쯤 터지고 돋아난
       다 그래도 아무렇지 않아요. 나이 먹어 그런가, 보이는
       상처는 별 게 아닌데 안 보이는 상처 때문에 아프더라
       구요. 아니 뭐, 그래서 어디가 아프다는 얘긴 아니구요.

       윤정, 묵묵히 식사 준비를 한다. 계속해서 봉지 안에서 이런
       저런 살림살이들이 나왔다 들어갔다 한다.

충현   (시무룩해서) 그래도 그 녀석한테 시집갈 걸 그랬어.

윤정   안 가길 잘 했다면서요?

충현   혼자 이렇게 늙는 것보다야 아무렴 나았겠지.

윤정   왜 혼자예요? 신부님이랑 둘인데.

충현   나 이제 수도원 들어가 버리면… 임자 혼자 남잖아.

       갑자기 먹먹한 표정이 되는 윤정. 충현, 어린아이처럼 삐죽삐
       죽 울음을 참고 있다.

윤정   그럼, 들어가시고 나서 한 번 생각해볼게요.

충현   진짜?

윤정   나이 먹었다고 아무도 안 데려갈까요?

충현   밥 잘 하잖아.

윤정   밥 잘 하면 식당을 내야지 시집을 왜 가요? 그러지 말고 어디 참한 신랑감 있으면 저 좀 소개시켜 주시든가.

충현   나! 참한 신랑감.

윤정   신부님요?!

충현   응. (대단한 비밀을 말하듯) 숫총각이야.

윤정   아이고, 오늘 인심 후하게 쓰시네. 저 호박마리아예요. 못났다고 '호박! 호박!' 부르시던 호박마리아요.

충현   호박이 어때서? 둥글둥글허니 어디로 굴러다녀도 밉상맞지 않은 게 호박인데.

윤정   예. 퍽도 위로가 되네요.

윤정, 웃으며 다시 일에 열중한다. 어디선가 '신부님!' 하고 부르는 소리. 충현, 문득 고개를 들어 주위를 둘러본다. 젊은 윤정(30대 중반)이 작은 보따리 하나를 들고 저만치 울며 서 있다. 이번엔 윤정을 돌아볼 것도 없이 서둘러 젊은 윤정에게로 달려가는 충현.

충현   아니, 마리아 아니냐.

젊은윤정   (고개만 끄덕인다) ⋯⋯

충현   왜 도로 왔어? 뭘 놔두고 간 거야?

젊은윤정   못 가겠어요. 신부님 놔두고 못 가겠어요.

충현   너 이 녀석! (두리번거리며) 안나아줌마는? 같이 갔잖아.

젊은윤정 혼자 왔어요.

충현 아줌마 몰래?

젊은 윤정, 고개 끄덕이다가 격한 울음 터뜨린다. 안쓰럽지만 엄한 표정으로 젊은 윤정을 바라보는 충현.

충현 그만 울고, 어찌 된 건지 자초지종이나 말해봐.

젊은윤정 저 시집가기 싫어요, 신부님.

충현 내일이 초례날인데 이제 와서 그게 무슨 소리야?

젊은윤정 시어머니 무섭게 생겨서 싫고, 신랑 무뚝뚝한 것도 싫고, 그렇게 멀리 가 살아야 하는 것도 싫고 다 싫어요.

충현 멀긴 뭐가 멀다 그래.

젊은윤정 싫어요. 저 보내지 마세요, 신부님.

충현 나이나 어려야 무서운갑다 하지.

젊은윤정 그냥 신부님 밥 해드리고 살래요. 다른 사람한테 가기 싫어요.

충현 마리아…

젊은윤정 허락해주세요. 저 그냥 여기 살게 해주세요.

충현 (단호히) 안 돼!

젊은윤정 왜 안 돼요?

충현 몰라 물어?

젊은윤정 ……

충현 이제 혼사까지 물리고 다시 돌아와 봐. 입방아 찧기 좋아하는 사람들한테 또 얼마나 시달릴지.

젊은윤정   전 괜찮아요.

충현   내가 안 괜찮아.

젊은윤정   전 그냥… 그냥 밥만 해드리고 싶은 건데 왜요?

충현   그래. 밥만 해주는데도 젊은 니가 곁에 있으니 내가 괴롭다.

젊은윤정   지지리 못나서 곁에 있어도 분심거리도 안 되잖아요!

충현   (버럭) 당장 가! 기다리고 계실 시어른들이랑 신랑 생각을 해야지.

젊은윤정   싫어요. 저 그냥 여기서 밥하고 살래요. 신부님 입맛대로 찬해서 올려드릴 사람이 저 말고 누가 있어요!

충현   세상 사람들이 우릴 어떻게 보는 줄 몰라? 사람들한테 우리가 밥이나 같이 먹는 사이로 보이는 줄 아느냐고!

젊은윤정   그런 거 저 하나도 몰라요. 전 그냥 신부님만 옆에 계시면…

젊은 윤정, 충현에게 한 발짝 다가선다. 딱 그만큼 물러서는 충현.

충현   거기 서! 거기가… 거기가 마리아 네 자리다.

젊은 윤정, 울며 사라진다. 뜨거워진 가슴을 붙잡고 망연히 서 있는 충현. 윤정이 양념장을 만들다가 충현을 돌아본다.

윤정 그래도 신부님 입맛대로 찬해서 올려드릴 사람은 조선
     팔도에 저 호박마리아 한 사람 뿐이지요? 사람이 밥만
     으로 살 수 있나 하느님 말씀으로 살아야지 하시지만
     요, 밥이 먼저냐 말씀이 먼저냐 물으면 전 밥이 먼저예
     요. 밥을 먹어야 말씀도 살지, 밥 안 먹고 배고파 봐요.
     말씀이 귀에 들어오나. (충현의 안색을 살피며) 혼구녕 들
     을 소리 했는데 어째 가만 계실까? 신부님!

충현 응?

윤정 왜 그러고 계세요?

충현 (멍하니) ……

윤정 아직도 잠이 덜 깨신 모양이네. 냇가에 내려가서 얼굴
     이라도 씻고 오실래요? 물이 차가워서 정신이 바짝 드
     실 텐데.

충현 …… (뒤돌아 젊은 윤정이 사라진 쪽을 본다)

윤정 신부님 금식하실 때마다 제가 안달복달 했던 것도 다
     이유가 있어요. 그러다 쓰러지시기라도 하면 그야말로
     공염불이잖아요. 사람이 살고 말씀도 있는 거지. 안 그
     래요?

충현 (멍하니) ……

윤정 (크게) 신부님!

충현 어?

윤정 뭘 그러고 보고 계세요? (하며 자기도 두리번거린다)

충현 뉘슈?

윤정 (가슴이 덜컥) 예? 저예요, 호박마리아. 저 못 알아보시겠어요?

충현 …… (곰곰이 생각한다. 비시시 웃으며) 내가 왜 임잘 몰라? 호박마리아. 우리 호박마리아를.

윤정 (안도의 한숨) 아직 안 돼요, 신부님. 꽉 붙잡고 계세요. 아셨어요?

충현 몰라. 배고파. 어여 밥 줘!

윤정 네. 드릴게요. 드리다마다요. 송이밥에 고구마순찌개 슥슥 비벼, 임금님 수라상도 부럽지 않을, 밥 먹읍시다!

암전.

시간이 흘러 가을색이 완연한 어느 날. 커다란 평상이 있는 평범한 시골집 마당. 집주인 박씨가 낮술을 거나하게 마시고 평상에 누워 자고 있다. 추운지 몸을 잔뜩 옹송그렸다. 윤정이 충현을 자전거 뒤에 태우고 들어온다. 꾸벅꾸벅 졸고 있는 충현의 낯빛이 안 좋다.

윤정 여보세요. (박씨가 꿈쩍 않자 흔들며) 여보세요, 아저씨!

박씨 어?! 뉘요?

윤정 저 앞 슈퍼집 소개로 왔는데요… 이 집에 하루 이틀 묵어갈 수 있나 해서요.

박씨 (하품하며) 빈방이 있긴 한데… 혼자요?

윤정　둘이에요.

박씨　(두 사람 행색을 살피며 인상을 쓴다) 돈은 있수?

윤정　그게… (주머니를 뒤져 가진 돈을 내민다) 이거뿐이라서요.

박씨　(돈을 센다) 천원 이천 원… 사천 팔백 원? 아니, 밥 한 끼도 못 먹을 돈을 내밀면서 하루 이틀이나 묵고 가겠단 말이우? (어이없다는 듯) 세상 물정에 어두운 거요, 낯짝이 두꺼운 거요?

윤정　슈퍼집이 그러는데 이 댁에 아주머니가 안 계셔서 부엌살림이 말이 아니라고… 제가 한 이틀 있으면서 김장도 해드리고 살림도 말끔하게 정리해드리고 갈게요.

박씨　됐수. 혼자 사는 놈이 김치를 먹어야 얼마나 먹는다구…

윤정　그럼 다른 일이라도 없을까요? 살림 사는 거면 뭐든지 다 잘 하는데… 겨울이불 빨아서 꿰매드릴까요?

박씨　사는 꼴을 보슈. 대충 아무거나 덮는 거지, 혼자 사는 놈이 겨울이불 여름이불이 따로 있나.

윤정　아니면 논에 나가 가을걷이라도 도울게요. 농사일은 잘 모르지만 가르쳐만 주시면 뭐든 잘 해요.

박씨　아줌마까지 거들 논마지기도 없을뿐더러 그 몰골을 해가지고는 농사일커녕 소여물 주기도 힘들겠수다.

윤정　그럼 소여물이라도 줄까요?

박씨　(버럭) 말이 그렇다는 게지 외양간도 없는 집에 소가 어딨나?!

윤정	(실망하여) 예… 혹시 그럼 이 마을에 일손 필요한 집이라도…
박씨	(충현을 힐긋거리며) 없어요. 있어도 그 몰골로는 문전박대나 안 당하면 다행이우. 알아보고 말 것도 없으니 괜한 헛고생하지 말고 부지런히 가던 길이나 가슈.
윤정	(고개 숙이고) ……
박씨	쯧쯧… 밥은 먹었수?
윤정	……

박씨, 혀를 끌끌 차며 부엌으로 들어가더니 찐고구마 몇 개 쟁반에 받쳐 들고 나온다.

박씨	이거라도 들라면 들고 가든가.
윤정	먹어도… 돼요?
박씨	줄 게 그거뿐이니 먹든 말든 알아서 하슈.
윤정	그럼 고맙게 먹을게요.

윤정, 충현을 흔들어 깨운다.

윤정	저, 고구마 좀 드세요. 오늘 아무것도 못 드셨잖아요.
박씨	거 잠이 깊게 든 모양인데 아줌마라도 먼저 요기하지 그러우. 그 양반은 나중에 일어나면 먹이고.

크고 예쁜 고구마 두 개를 골라놓고 작은 고구마를 집어드는
윤정. 박씨가 물을 떠다 주자 받아 마신다. 윤정의 곁에 앉아
남은 소주를 따라 마시는 박씨.

박씨　(충현을 눈짓으로 가리키며) 바깥양반이우?

윤정　아니에요.

박씨　그럼…?

윤정　그냥 잘 아는 어르신인데 어딜 좀 모셔다드리느라…

박씨　돈도 떨어지고 이제 어쩔 셈이우?

윤정　……

박씨　쯧쯧… 딱하게 됐수다.

윤정　(필사적으로) 부탁이에요. 마지막으로 따순 밥 한 끼 지
　　　　어 드리고 싶어서 그래요. 하루 저녁이라도 어떻게 좀
　　　　안 될까요?

박씨　글쎄 그게… 뭐라도 시킬만한 일이 있으면 좋겠수만…
　　　　(소주잔을 털어 마시고) 흉가나 다름없는 집을 뭘… (헛기
　　　　침) 내 안사람 먼저 보낸 지 한 십여 년 됐나? 자식들 모
　　　　두 서울 살고 혼자 지낸 세월만도 한 육칠 년 되우. 이
　　　　리 살아도 자고 싶을 때 자고 먹고 싶을 때 먹고, 세상
　　　　살이 근심이 있나 부족한 게 있나. 십상 편한 팔자라우.

윤정　아무리 혼자 살아도 겨울 나려면 준비해야 할 게 솔찬
　　　　히 있는 법이잖아요. 하다못해 옷이라도 빨아서 넣어둘
　　　　게 있고 꺼내서 새로 빨게 있고.

박씨　그건 그렇지만…

윤정　아무거나 대충 드시는 모양인데 저 있는 동안만이라도 따순 밥에 뜨끈한 국이라도 지어드릴게요. 김장 맛있게 담가놓으면 겨우내 반찬 걱정 없을 테니―

박씨　(손사래 치며) 끼니야 대충 때워도 그만이고 안 먹은들 어떠랴만… 그보다 혼자 지낸 지 오래 되다 보니 참… 그게 그렇다. 늙었어도 사내는 사내라고… 허…

윤정, 전혀 이해 못한 표정으로 다음 말을 기다리고 있다.

박씨　거 왜 있잖소.

윤정　예?

박씨　말귀를 못 알아듣는 거요 아니면… (하다 입맛을 쩝 다시고) 저 양반하곤 정말 아무 사이 아니우?

윤정　그게 무슨…

박씨　(답답하다는 듯) 이 아줌마가 참… 거시기 있잖수.

'에라 모르겠다' 하는 표정으로 윤정의 엉덩이를 콱 움켜잡는 박씨. 윤정, 놀라 소리를 지르며 벌떡 일어선다.

윤정　무슨 짓이에요?

박씨　싫으면 관두슈. 난 이래도 그만 저래도 그만이니까. (충현을 힐끔거리며) 헌데 저 양반 몸도 시원찮아 보이고, 어디 가는지 몰라도 그 전에 황천길 먼저 보낼까 걱정돼 그러우. 아, 더 알아보겠으면 한 번 알아보든가. 그래도 슈퍼집서 일루 보낸 거 보면 모르겠수? 이 마을선 당신 네들 받아줄 집은 그나마 예뿐이란 게지. 싫으면 다른 마을로 가든가.

박씨, 헛기침하며 집안으로 들어간다. 넋을 놓고 서있는 윤정. 서서히 고개 돌려 충현을 쳐다본다. 다가가 담요를 다시 꼼꼼히 덮어주고 곁에 고구마 쟁반도 가져다 놓는 윤정. 결심한 듯 돌아서서 박씨를 뒤따라 들어간다.

젊은 윤정(30대 후반)이 쌀바가지를 들고 나타난다. 허리를 구부리고 절뚝거리며 걷는 모습으로 봐서 몸이 상당히 불편한 걸 알 수 있다. 젊은 윤정이 다가오자 화들짝 깨나는 충현.

젊은윤정 무슨 잠을 그러구 깨신데요? (하며 얼른 쫓아가 소매로 충현의 땀을 닦는다) 땀 좀 봐… 나쁜 꿈 꾸셨어요?

충현 마리아, 여기서 뭐 해?

젊은윤정 뭐하긴요. 밥하려구요.

충현 (살피며) 그 몸으로?

젊은윤정 이제 괜찮아요.

충현 정신 있어? 수술한 지 며칠이나 됐다고!

젊은윤정 복막염수술은 수술 축에도 안 든대요.

충현 죽다 살아놓고 무슨 헛소리! 맹장 터진 것도 모르고 미

런스럽게 밥한다고 부엌에 있다 쓰러져놓고 여태 정신 못 차렸어?! 밥이 뭐 그렇게 중해서 그 몸을 해가지고 쌀바가지를 들고 설쳐?

젊은윤정 밥이 왜 안 중해요. 그리고 제가 괜찮다잖아요. 제가 괜찮다는데−

충현 말 좀 들어라, 이 애물단지야.

젊은윤정 신부님 잔소리 때문에 없던 병도 더 생기겠으니까 그만 좀 하세요.

충현 쌀바가지 갖다 놓고 집에 가 누워!

젊은윤정 싫어요. 의사선생님이 회복 잘 되려면 자꾸 움직이랬단 말이에요.

충현 그럼 운동해. 일하지 말고.

젊은윤정 밥하는 게 무슨 일이에요. 뭐 대단한 상 차린다고.

충현 그래서 기어이 그 몸을 해가지고 밥을 하겠다고?

젊은윤정 예.

충현 저놈의 똥고집! 도대체 누가 윗전인지 모르겠어. 내가 싫다잖아. 죽어가면서 해주는 밥 먹는 것도 싫고, 죽다 살아나서 해주는 밥 먹는 건 더 싫어!

젊은윤정 사무장님한테 다 여쭤봤어요. 저 입원해있는 동안 밥에 물 말아서 깍두기랑 드셨다면서요. 누가 반찬을 해다 드려도 찍어 드시는 둥 마는 둥 그러셨다면서요.

충현 사무장 그 양반이 자네 기분 좋으라고 지어낸 소리야. 잘 먹었어. 갖다 주는 음식마다 어찌나 맛있게 먹었는지, 날마다 과식해서 배가 뽈록 나왔어.

젊은윤정 됐어요. 배는 원래부터 뽈록했잖아요. 보나마나 뻔하죠. 제가 신부님 모신 게 어디 하루 이틀이에요?

충현 말 잘 했다. 그럼 내 고집이 자네 못지않다는 것도 알겠구만.

젊은윤정 그래서요? 제가 해드리는 밥 못 잡숫겠다구요?

충현 그래! 차라리 라면 한 개 끓여먹고 말 거야.

젊은윤정 라면 좋네. 그럼 같이 먹어요.

충현 뭐?

젊은윤정 혼자 잡수시면 맛없으니까 끓여서 나눠 먹자구요.

충현 싫어. 나 혼자 끓여먹을 테니까 자넨 집에 가서 끓여 먹든지 말든지.

젊은윤정 라면은 음식이 아니에요. 음식도 아닌 것을 별미랍시고 먹어대는 건 한 냄비에 끓여 후루룩 후루룩 나눠먹는 그 맛 때문이라구요.

충현 자네 정말…!

젊은윤정 물 올릴게요.

충현 마리아!

젊은 윤정, 사라진다. 충현은 젊은 윤정이 나간 쪽을 바라보다 기침을 하며 현실로 돌아온다. 주변을 휘 둘러보다 말고 멍하니 앉아있는 충현.

그때 윤정이 집안에서 걸어 나온다. 걸음걸이는 불편하고 얼굴은 눈물 콧물로 범벅이지만 표정만큼은 오히려 홀가분해 보인다. 겸연쩍은 표정으로 바지춤을 올리며 뒤따라 나오는 박씨.

박씨   내 참, 살다 살다 원… 간밤에 뭔 요상한 꿈을 꿨길래… 늙어빠진 처녀를 다 품어보네.

박씨, 헛기침하며 밖으로 나간다. 박씨를 급히 불러 세우는 윤정.

윤정   저, 잠깐만요!

박씨   나 불렀수?

윤정   부탁 하나만 할게요.

박씨   글쎄… 뭔 부탁인지 들어나 봅시다.

윤정   미꾸라지 1키로만 구해줘요.

박씨   미꾸리?

윤정   1키로면 돼요.

박씨   아니, 이 시골마을서 미꾸리를 어디서 구하라고… 잡아 오라면 또 모를까.

윤정   사든 잡든 아무튼 구해만 줘요. 부탁할게요.

박씨   알아는 보겠지만… 미꾸리는 왜요?

윤정   ……

박씨   (중현을 눈짓하며) 저 양반? (헛기침하고) 내 읍내에 한 번 나가보긴 하겠다만 장담은 못 하우.

윤정　꼭 좀 부탁드릴게요.

박씨, 헛기침하며 사라진다. 허물어지듯 평상에 걸터앉는 윤
정. 흐흑 받쳐 올라오는 눈물을 주먹으로 스윽 닦는다. 충현
이 나지막이 '마리아' 하고 부르지만 윤정은 차마 충현을 쳐
다보지 못한 채 외면해버린다. 서서히 암전.

이틀 후. 빨래가 잔뜩 널려있는 박씨네 마당. 부엌에서 윤정
이 칼질하는 소리 들린다. 자전거가 세워져 있지만 충현의 모
습은 보이지 않는다. 뭐 마려운 강아지마냥 부엌 문 앞을 왔
다갔다하던 박씨, 주위를 휘 둘러보고는 부엌으로 후다닥 들
어간다.

윤정　(소리만) 왜 이래요? 저리 가요. 이러지 말라니까요!

국자를 손에 든 채 도망쳐 나오는 윤정. 박씨가 기분 상하기
도 하고 겸연쩍기도 한 표정으로 뒤따라 나온다.

박씨　거 참, 눈앞에 알짱거리면서 손도 못 대게 하니 원…
　　　(헛기침하고) 냄새 좋다. 나도 한 그릇 얻어먹을 수 있
　　　는 거유?

윤정　(눈을 피하며) 예.

| 박씨 | 그럼 다 될 때까지 어디 가 술이나 한 잔 하고 와야겠네. 추어탕 얻어먹고 긴긴 밤 혼자 무슨 낙으로 보내누…! |

헛기침하며 나가는 박씨. 윤정, 안도의 한숨을 쉬며 옷매무새를 만진다.

충현	(방문 열고) 임자!
윤정	(놀라) 아이구, 놀래라.
충현	밥 안 줘? 배고파.
윤정	점심 자신 지 얼마나 됐다구요.
충현	(냄새를 킁킁 맡고) 맛있는 냄새 나.
윤정	추어탕 끓여요.
충현	(눈이 동그래지며) 추어탕?!
윤정	한 그릇 드시면 감기고 뭐고 뚝 떨어질 거예요.
충현	감기고 뭐고 뚝 떨어져요.
윤정	다 되면 깨워드릴 테니까 눈 좀 더 붙이세요.
충현	눈 좀 더 붙여요.

윤정, 조용히 문을 닫고 부엌으로 들어간다.
그때 자동차 멈춰 서는 소리. 곧이어 혜원과 성권이 들어온다.

| 혜원 | (자전거를 발견하고) 저거 맞지?! |

성권	맞는 거 같습니다.
혜원	큐싸인 없어. 무조건 찍어. 숨어서 찍든 가리고 찍든 요령껏.
성권	그거 몰카 아닙니까?
혜원	(성권을 쥐어박으며) 방송국이 왜 너 같은 걸 안 짜르는지 심히 궁금하다. 너 혹시 사장 아들이냐?
성권	사장 아들이 10년 넘은 엑센트를 몰고 다니겠습니까?
혜원	말 잘 했다. 날 잡아서 저 똥차랑 너랑 한 두릅에 묶어서 폐차시켜버릴 테니까 각오해.
성권	저두요?
혜원	(또 쥐어박으며) 넌 저 똥차만도 못 해.
성권	(호들갑스럽게 문지르며) 때리지 좀 마십시오.
혜원	너 카메라 메고 다닌 지 2년 넘었지?
성권	예.
혜원	지금까지 카메라 들이대도 살던 대로 사는 아마추어 본 적 있냐?
성권	(곰곰) ……
혜원	그것도 대가리랍시고 굴리긴. 없지! 당근 없고 연근 없지!
성권	예…
혜원	그렇게 허락이 받고 싶으면 나가서 **뻣뻣한** 증명사진 같은 장면 많이 많이 따라. 그 카메라는 나한테 넘기고.
성권	(카메라를 껴안으며) 이거 보기보다 무겁습니다.

윤정, 부엌에서 나와 혜원과 성권이 아옹다옹하는 모습을 쳐다본다.

윤정　　누구세요?

혜원　　(갑자기 태도가 돌변하며) 어머, 실례했습니다. 남의 집에 들어와서 인사도 없이… 안녕하세요? 저는 다큐케이블에서 일하는 (명함을 내밀며) 조혜원PD입니다. 여긴 카메라감독 김성권씨구요.

성권　　안녕하십니까!

윤정　　(영문 모르겠다는 듯) ……

혜원　　김충현 신부님이 이 댁에 묵고 계시다고 해서요.

깜짝 놀라는 윤정. 그대로 얼어붙어 있다.

혜원　　혹시… 이윤정씨 되세요?

윤정　　……

혜원　　맞구나! 두 분 찾아다니느라 한 달이나 고생했는데…

혜원이 성권을 쿡 찌르자 성권, 주변을 둘러보는 척하면서 몰래 카메라를 돌린다.

혜원　　(윤정의 안색을 살피며) 놀라셨나 봐요.

윤정　　무슨 일이에요?

혜원   비포장도로를 한참 달렸더니 목이 컬컬하네. (부러 기침
하며) 물 한 잔 얻어 마실 수 있을까요?

윤정   (경계를 풀지 않는다) ……

혜원   지방신문에 난 기사를 봤어요. 알츠하이머병을 앓고 있
는 은퇴한 사제의 '실종'에 관한.

윤정   잘못 찾아왔어요. 여기 그런 사람 없습니다.

혜원   교구에 알릴 생각은 없으니까 마음 놓으세요. 저흰 그
저 취재를 좀-

윤정   아니라니까 그러네. 그냥 가요, 가!

하며 급히 부엌으로 들어가 버리려는 윤정. 혜원이 붙잡는다.

혜원   교구에서도 찾을 생각은 없어 보였어요. 문제만 일으키
지 않는다면 신경 안 쓰겠다는 분위기?

윤정   어쨌거나 난 그런 사람 아니에요.

혜원   두 분, 각별한 사이셨죠? 일종의 가족 같은.

윤정   이봐요. 뭘 캐내고 싶어서 왔는지 모르겠지만 당신들
궁금해 하는 얘기 같은 거 하나도 없어요.

혜원   캐내다니요. 아니에요. 전 그저 있는 그대로 두 분의 이
별을 카메라에 담고 싶어서-

윤정   됐으니까 가라구요. 그런 거 하나도 안 반가우니까 제
발 가요.

혜원   왜 이렇게 발톱을 세우시는지 알아요. 30년 동안이나

소문에 시달렸으니 저 같은 사람들 신물 나실 거예요.

윤정　(노골적으로 불쾌감을 드러내며) 잘 아네요. 정말 신물 나요. 그러니까 나한테서 뭐라도 귀에 간지러운 말 주워들을 요량이라면 시간 낭비예요.

윤정, 휑하니 부엌으로 들어가 버린다. 카메라를 끄고 난감한 표정으로 혜원을 바라보는 성권. 혜원은 예상했다는 듯 여유 있는 표정이다.

성권　다 틀린 거 아닙니까?

혜원　너 이리 와. (쥐어박으며) 니가 프로냐 아마냐? 어디 카메라를 주인공 궁둥이에 들이대고 찍어?

성권　(머리를 문지르며) 아 씨…! 그럼 어떡합니까? 들키지 않고 찍으라면서요? 들키지 않게 얼굴 클로즈업하는 방법 알면 저도 좀 가르쳐주십시오.

혜원　미친 거 아냐? 내가 PD지 카메라냐? 내가 왜 미쳤다고 고시공부 같은 PD시험 통과해놓고 카메라를 들어? 손목 아프게.

성권　직접 들라는 게 아니라—

혜원　(연속으로 쥐어박으며) 니가 연구해. 니가! 하나부터 열까지 선배가 가르쳐주기만 바라지 말고 안 돌아가는 대가리라도 굴려가면서 니가 연구하라고!

성권　예…

혜원   어디서 저런 걸 갖다 붙여놔서… 내가 너 땜에 늙는다, 늙어!

성권   저도 선배님 때문에 늙어 죽을 지경입니다. 선배님은 원래도 늙어가는 30대 후반이지만 저는 아직 창창한 30대 중반인데-

혜원   (한손으로 목을 조르며) 너 숨구멍이 똥꼬에도 달렸으면 계속 떠들어라.

성권   (목을 빼며) 아픕니다. 하지 마십시오. 저도 집에 가면 귀한 아들인데 왜 이렇게 못 잡아먹어 안달이십니까?

혜원   아가리 짚업!

성권, 거의 본능적으로 입을 다문다.

혜원   내가 전생에 무슨 업보가 있어서 저런 걸 만났는지… 이번 작품 끝나면 영영 보지 말자. 꿈에서라도 나타나면 (주먹을 쥐며) 죽을 줄 알어.

성권, 혜원 눈치를 보며 입을 삐죽거린다. 감정을 정리하고 부엌 쪽으로 가서 문 옆에 바짝 다가서는 혜원. 안을 들여다본다.

혜원   (목소리를 확 바꿔) 냄새 죽인다. 추어탕 맞죠? 저희 엄마도 그거 잘 끓이시는데… 신부님이 추어탕을 좋아하시

나봐요. (자전거를 보며) 저 자전거는 직접 개조하셨어
요? 신부님 저기 태우고 읍내도 나가시고 마실도 다니
셨다면서요? 혹시 미리 준비하셨던 거예요? 이렇게 떠
나실 생각으로… 사무장님한테 다 들었어요. 쪽지 한
장 달랑 써놓고 오밤중에 떠나셨다면서요. (사이) 저희
가 두 분 어떻게 찾아냈는지 궁금하죠?

윤정 (나오며) 궁금한 건 내가 아니라 아가씨잖아요. 수도원
으로 간다던 우리가 진짜 수도원 코앞까지 와있는 이유
가 궁금해 죽겠죠?

혜원, 성권에게 손짓하면 성권이 멀리 떨어진 곳에서 카메라
를 준비한다.

윤정 아가씨가 원했던 건 우리 둘이 어디 멀리로 도망쳤다는
얘기잖아요. 안 그래요?

혜원 왜 꼭 그런 식으로…

윤정 사람들은 시시한 결말을 싫어하니까. 하루 이틀 입방아
찧다 말 얘기 말고, 오래도록, 대를 물려가며 살 붙일
얘기를 좋아하니까요.

혜원 그런 사람들 속성 뻔히 아시면서 왜 말도 없이 도망치
셨어요? 그런 결정 때문에 결국 저 같은 사람까지 관심
을 갖게 된 거잖아요.

윤정 내가 바래다드리고 싶었어요. 내가 직접. 이제 됐어요?

혜원	한 가지만 더 여쭐게요. 30분만 더 가면 수도원인데 며칠씩 여기 머무시는 이유가 뭐예요?
윤정	……
혜원	보내기 싫은 거죠? 결국 헤어지기 싫은 거 맞잖아요.

뭔가 더 말하려다 부엌으로 들어가 버리는 윤정. 혜원, 성권에게 다가간다.

혜원	찍었어?
성권	예.
혜원	뭐 있지?
성권	뭐가요?
혜원	저 아줌마랑 신부 사이에 뭐 있는 거 확실하잖아.
성권	제가 보기엔 아무것도 없는 거 같은데요.
혜원	쯧쯧… 생각도 없어, 감도 없어… 카메라 놓고, 그 좋은 팔 힘으로 호프집 가서 술잔이나 날라라.
성권	이번엔 제 감이 맞습니다. 다른 마을에서도 마찬가지였잖습니까? 처음엔 뭔가 있을 것 같았지만 밥해먹고 떠났다는 얘기 말고 건진 게 있습니까?
혜원	왜 없어? 부부 아니라니까 깜짝 놀라는 사람들 너도 봤잖아.
성권	그야 남자랑 여자가 같이 다니면 물어볼 것도 없이−
혜원	무슨 바윗골인가 거기서 들은 얘긴? 신부 없어졌을 때

아줌마가 반미치광이 같이 굴었다던 얘긴?

성권   사람이 없어졌는데 놀랐다는 얘기가 도대체 뭐가 이상합니까?

혜원   바보야! 워딩이 중요하잖아. 기억 안 나? 남편 잘못됐음 그 자리에서 피 토하고 꼬꾸라질 기세더라. 백년에 한 번 나올까 말까한 금실이더라.

성권   기억납니다. 오바 엄청 심한 할머니였잖아요. 선배님 보고 대학생인 줄 알았다고—

혜원   (창자에서 올라오는 소리로) 야! (씩씩거리며) 막말로 아줌마랑 신부가 아무도 모르게 30년 동안이나 부부생활을 해온 거면?

성권   이제 소설까지 쓰십니까?

혜원   실제로 있었던 일이야. 프랑스 시골마을 신부가 22년 동안이나 몰래 결혼생활을 해오다 들킨 일로 전 세계가 떠들썩했다구.

성권   ……

혜원   왜 말대꾸가 없어? 계속 빠닥빠닥 우겨보시지?

성권   그래도 두 분은 아닙니다.

혜원   왜?

성권   남자들은 저렇게 생긴 아줌마하고는 연애 안 합니다.

혜원   아줌마 생긴 게 어때서?

성권   착하게 생겼잖습니까. 착한 여자 울리면 지옥 갑니다.

혜원   뭐래? 그럼 니 이상형은 못된 여자냐?

성권　너무 착한 여잔 아닙니다.

혜원　미친놈! 카메라 내려놓고 절이나 들어가서 살지 그러냐?

성권　전 교회 다니는데요.

혜원　(가슴을 치며) 절은 내가 들어가게 생겼다. 너 때문에 해탈해서 나야말로 절로 들어가게 생겼다고!

성권　그럼 같이 들어가서 절밥이라도 다정하게−

혜원　너나 먹어! 회사 짤리고 절에 들어가서 너나, 실컷, 배터지게 먹으라고!

갑자기 아랫방 문이 벌컥 열리고 충현이 얼굴을 내민다.

충현　왜 이렇게 소란스러워?

놀라서 돌아보는 혜원과 성권. 윤정도 부엌에서 달려 나온다.

윤정　깨셨어요? (혜원에게 눈을 치뜨며) 왜 여태 안 가고 얼쩡거려요?

혜원　(멀쩡하게 태도를 바꿔) 안녕하세요, 신부님?

윤정　(충현 쪽으로 급히 가며) 더 주무세요. 추어탕 다 되면 깨워드릴 테니.

혜원　저는 서울에서 신부님 취재하러 온 조혜원PD입니다.

성권　김성권입니다. 카메라감독이요.

충현   방송국에서 왔어요?

혜원   네!

윤정   찬바람 들어가요. 문 닫으세요.

윤정, 억지로 방문을 닫으려 하지만 충현은 호기심에 가득 차
서 문을 밀어젖힌다.

충현   군불을 어찌나 땠는지 방바닥이 뜨끈뜨끈해.

혜원   괜찮으시면 저희랑 얘기 좀 하실래요?

충현   저희랑 얘기 할래요?

윤정   안 돼요!

충현   안 돼요?

윤정   말씀 많이 하시면 기침 다시 심해져요.

충현   기침 다시 심해져요.

윤정   제 말대로 하세요. (하며 문 닫으려고 하면)

충현   언제부터 임자가 내 윗전이야?

혜원, 호기심어린 눈으로 윤정을 쳐다본다. 당황하는 윤정.

윤정   말 잘 들어야 추어탕 끓여드릴 거예요.

충현   (혜원에게) 근데 누구시라고?

혜원   다큐케이블에서 일하는 조혜원이요. PD예요.

충현   응. PD. 그러니까 감독님?

혜원	잘 아시네요. 저희 신부님 찾아내느라 한 달 동안 엄청 고생했어요.

충현	날 왜 찾아냈어요?

혜원	수도원 들어가신다면서요?

충현	수도원 들어가요. 친구가 수도원 장상인데 나더러 같이 살재요.

혜원	그 전에 좋은 데 구경 많이 다니셨어요?

충현	구경은 무슨. 숨어 다니느라 나무만 물리도록 봤어요.

윤정	신부님! (방문을 닫으며) 더 주무세요.

충현	(소리만) 다 잤어. 안 졸려.

윤정	그래도 이불 속에 들어가 계세요. 이제 겨우 기운 차리셨는데 찬바람 다시 쐬면 이번엔 추어탕 가지고도 안 될 거예요. (조용하자 혜원에게 휙 돌아서며) 뭐 하는 짓이에요?

혜원	너무하신 거 아니에요? 신부님 저희랑 얘기하고 싶어 하시잖아요.

윤정	알 만한 사람이 왜 이래요? 신부님은 지금… (말을 삼키며) 정신줄 놓으셨다고 당신들이 함부로 대해도 되는 그런 분 아닙니다.

다시 부엌으로 들어가려다 혜원을 돌아본다.

윤정	신부님이 왜 수도원에 들어가시는 건지 알아요?

혜원	그야 돌봐드릴 가족이 없으니까…
윤정	내가 돌봐드리면 큰일납니까?
혜원	……
윤정	사제의 품위 있는 죽음을 위해섭니다. 아가씨는 그게 뭔지도 모르지요?
혜원	……
윤정	신부님을 사람들 눈에 띄지 않도록 모시고 온 이유도 그것 때문이에요. 난요, 신부님을 지키고 있는 거예요. 세상 사람들 눈으로부터, 아가씨처럼 궁금해 죽는 그 눈들로부터 말이에요.
혜원	(간절히 잡으며) 제가 잘 찍어드릴게요. 만약 세상 사람들이 두 분 사이를 오해하고 있다면 한 점 오해도 남지 않게 찍어드릴 수 있어요.
윤정	이봐요, 아가씨. 난 텔레비전을 별로 안 보는 사람이지만 그래도 사람들이 뭘 보고 싶어 하는지는 다 알아요. 오해를 풀어주겠다구요? 그런 프로를 누가 보겠어요. 나부터도 없던 오해까지 만들어내는 프로가 더 재밌는데.
혜원	기획의도부터가 달라요. 전 두 분의 아름다운 이별을 카메라에 담고 싶은 거예요. 마지막 식사를 함께 하는, 그래요. 반고흐의 〈감자먹는 사람들〉처럼 슬프지만 가슴 뭉클한 그림 말이에요.
윤정	감자 먹는 사람인지 고구마 먹는 사람인지 난 그런 거

	하나도 모르니까 그림 그리고 싶으면 집에 가서 그려요.
혜원	(당황하며) 진짜 그림을 그리겠단 얘기가 아니구요… 신부님을 위해 밥하는 모습, 그 밥을 함께 앉아 나눠드리는 모습… 한 컷 한 컷이 다 그림 같잖아요. 카메라로 그리는 그림이요. 우리 성권씨가 카메라워이 끝내주거든요. 마음에 들게 찍어드릴 거예요. 보는 사람들 마음에 숭고함이 그득그득 차오르도록 완전 종교적으로 홀리하게 찍어드릴게요.
윤정	숭고는 무슨 얼어죽을!

성권이 픽 웃는다. 흘겨보는 혜원.

윤정	잘못 짚어도 단단히 잘못 짚었어요. 난 숭고하고는 거리가 먼 식복사예요. 난 말이죠, 금육일에도 핑계만 있으면 고기반찬을 상에 올렸어요. 그러다 고스란히 냉장고 속으로 들어간 고기반찬이 말도 못하지만요. 금식하시는 거 뻔히 알면서도 고구마 쪄내고 떡 구웠다가 혼나고, 그래도 또 부침개라도 부치는 게 나란 사람이라구요.
혜원	왜요? 뭐 때문에 그렇게까지 하셨는데요?
윤정	뻔한 거 아니겠어요? 시골 성당 신부 자리라는 게 생각보다 힘쓰는 일이 많거든요. 신자들 어떻게 사는지 살펴보려면 논일, 밭일은 기본이고 부서진 거 고쳐주랴

무거운 거 날라주랴 심지어는 밭에 나간 엄마 대신해서 어린애까지 봐주셨으니까. 우리 신부님이 사실 좀 유난스런 오지랖이시라. (문득) 내가 참 별 소릴 다 하네. 그만들 가봐요. 노인네들 밥해먹는 얘기 찍겠다고 괜한 시간낭비하지 말고.

윤정, 부엌으로 들어가 버린다. 혜원, 들고 있던 수첩을 신경질적으로 집어던진다. 빤히 보고만 있는 성권.

혜원 안 집어 와?

성권 (집어서 갖다 주며 궁시렁) 집어오랄 걸 왜 던지고… 지랄이야.

혜원 야! 너 뭐라 그랬어?

성권 예? 아무것도 아닌데요. 여기 종아리에 자꾸 쥐가 나가지고. (코에 침을 바른다)

혜원 미꾸라지탕을 끓여서 그러나. 이리 미끌 저리 미끌, 잘도 빠져나가네.

성권 아무것도 없다 그랬잖습니까.

혜원 입 못 다물어? 없긴 왜 없어. 없는 척 하는 거지. 그리고 만에 하나 아무것도 없으면 그냥 빈손으로 갈 거야? 한 달 동안 개고생해놓고, 비용이랑 다 어떻게 할 건데? 니가 책임질 수 있냐구.

성권 그래서 어떻게 하시게요? 제 이 화려한 카메라웍만 가지고 뭔가 있는 것처럼 만들기가—

혜원   놀고 자빠졌네. 너 내가… (하다 말을 삼키고) 없으면 있게 해야지.

성권   예?

혜원   너 프로가 왜 프론지 아냐?

성권   왜 프론데요?

혜원   무에서 유를 창조해내기 때문에 프론 거야.

성권   그렇게 말씀하시니까 프로 같지 않고 꼭 양아치 같으십니다.

혜원   이 새끼가!

하며 쥐어박으려고 손을 올리는 혜원. 성권이 그 팔을 꽉 붙잡는다.

성권   이러지 마십시오.

혜원   어쭈?

혜원, 왼손을 올리는데 그 손마저 성권에게 붙잡히고 만다. 두 사람, 꽤 가까이 붙어 서 있다. 혜원이 어쩔 줄을 몰라 한다.

혜원   이거 안 놔?

성권   저도 밟으면 꿈틀거리는 지렁입니다.

혜원   그래. 너 지렁인 거 내 진작에 알아봤으니까 빨랑 놔.

성권 나가서 뭐 건질만한 거 없나 한 번 둘러보고 오십시오.

혜원 뭐야?

성권 아무래도 선배님은 글른 거 같으니까 제가 아줌마를 어떻게든 다시 한 번 구슬려 보겠습니다.

혜원 웃기고 자빠졌네.

성권 웃기고 자빠졌는지 울다가 배꼽 빠졌는지는 두고 보면 알 거 아닙니까?

혜원 아! 아파. 손 놔.

성권 놔드리면 때리실 겁니까?

혜원 내 맘이다.

성권 (더 세게 잡으면) 그럼 못 놓습니다.

혜원 아! 이게 정말. 알았어. 안 때릴 테니까 놔.

성권 좋습니다. 하나 둘 셋 하면 놓을 테니까 제가 놓기 전엔 도망가시면 안 됩니다.

혜원 미친 놈! 니가 안 놓는데 내가 어떻게 도망가냐?

성권 (바짝 당기며) 약속했습니다. 도망가지 마십시오.

혜원 너나 도망가지 마.

성권 하나 둘 셋!

성권이 손을 놓자마자 성권의 뒷통수를 때리고 팔을 비틀어 버리는 혜원. 꼼짝없이 제압당한 성권이 신음소리를 낸다.

혜원 한 번만 더 까불면 그땐 국물을 꼭꼭 짜서 빨랫줄에 널

어놓을 줄 알어. 확 그냥!

혜원, 나간다. 호들갑스럽게 팔을 주무르는 성권.

성권   어디 가십니까?

혜원   (소리만) 니 말대로 한 바퀴 돌아보러 간다, 어쩔래?

성권   다녀오십시오. (혼잣말로) 귀여워…

성권, 빙글빙글 웃으며 뭔가를 궁리하듯 왔다갔다하더니 카메라를 돌려 조금 전 찍은 화면을 살펴본다. 소쿠리를 들고 부엌에서 나오던 윤정이 몰래 다가가 그걸 본다.

윤정   몰래 찍었어요?

성권, 깜짝 놀라 거의 기절할 듯 평상에 널브러진다.

윤정   그런 거 고발하면 회사에서 짤리지 않나?

성권   죄송합니다. 테잎이 잘 도나 테스트로 찍은 건데… 보시다시피 제대로 찍힌 건 하나도 없습니다.

윤정   첨부터 알고 있었어요.

성권   예?

윤정   젊은이들은 나이 든 사람을 이상하게 바보취급 합디다. 자기들처럼 빠르지 못하니까 바보같이 보이나 봐요.

성권 그런 건 아닌데…

윤정 배운 것도 없지 뭐든 느리지 게다가 잘 까먹기까지 하지, 바보라면 바보 맞죠. 그래도 살아온 세월 그건 무시 못하겠습디다.

성권 예…

윤정 PD아가씬요?

성권 어디 갔더라? 아마… 구경 나갔을 거예요.

윤정 구경이요?

성권 시골 구경…

윤정 (털어놓으라는 표정으로) ……

성권 뭐 건질 거 없나 돌아보고 온댔습니다.

윤정 (평상에 앉으며) 우리 얘기가 정말 TV에 나갈 정도로 재미있어요?

성권 예?

윤정 나가겠단 얘긴 아니구. (잠시) PD아가씨하곤 서로 좋아하는 사이죠?

성권 (펄쩍) 미쳤습니까? 저 성질머리 고약한 돌싱을 제가 왜요?

윤정 돌싱이요?

성권 돌아온 싱글이요.

윤정 ……

성권 그러니까… 이혼녀요.

윤정 아…

성권	그것 때문은 아니지만… 절 너무 애 취급합니다. 지랑 나랑 겨우 네 살 차이밖에 안 나는데 큰이모처럼 구는 거 보셨죠?
윤정	(웃는다) 마음이 갈까봐 겁나서 그러지.
성권	예?
윤정	마음 주는 것도 겁나고 마음 받는 것도 겁나는 게 여자거든요. 게다가 이혼녀라면 더 말할 것도 없고…
성권	……
윤정	난 못나서 어디 가 마음 받아본 적도 없이 살았지만 아까 그 PD아가씬 마음도 많이 줘보고 받기도 많이 받아봤겠더구만. 그러니 더 겁나지.
성권	(결심한 듯) 저… 아니시죠?
윤정	뭐가요?
성권	신부님이랑 두 분…
윤정	총각도 그렇게 생각했어요?
성권	처음엔요. 근데 두 분 오신 길 따라오면서 점점 아니라는 생각이 들었습니다.
윤정	우리 신부님 참 곧은 양반이셨어요. 정신 놓으시기 전까진 밥상에 반찬 세 가지 이상 올리면 혼구녕 내시던 분이에요. 비린 걸 좋아하시는데 그것도 일주일에 한 번 이상은 못 올리게 하셨구요. 근데 참 이상하죠? 저러구 정신 놓으시고부터 어찌나 식탐을 부리시는지… 70평생 절제하고 살아온 분이라는 게 믿어지지 않을

정도로요.

성권 (고개 끄덕이며) 예… 그래서 그렇게 밥만 열심히 해 드셨구나.

윤정 (빙긋 웃으며) 우리가 밥만 열심히 해 먹더라 그래요?

성권 지나오신 마을마다 다 똑같은 얘기뿐이었거든요. 행색은 초라한데 어찌나 침 넘어가게 맛난 것들만 해 잡숫나 아주 혼났다면서. 하나만 여쭤봐도 됩니까?

윤정 취재만 아니면요.

성권 아닙니다. 그냥 개인적으로 궁금해서요. 방 못 구할 땐 한뎃잠도 주무셨던 걸로 아는데 그렇게까지 하시면서 왜 굳이 자전거여행을 선택하셨어요?

윤정 차가 없잖아요. 운전도 못 하고.

성권 예?

윤정 (웃는다) 거창한 이유 같은 게 있겠어요? 그냥 조금 천천히 가고 싶었어요. 산에 들에 나는 재료 가지고 밥해서 30년 묵은 이런저런 추억들 반찬 삼아. 신부님 기억이 자꾸 가물가물해지니까 저러다 언젠가는 나마저도 잊어버릴 텐데, 그 전에 입에 맞는 반찬 한 가지라도 더 해드리고 싶었던 거뿐이에요. 치매 걸려 다 잊어도 입맛은 변하지 않는다잖아요. 30년 넘게 이 손으로 해드린 음식만 드셨는데…

성권 (조심스럽게) 혹시 도망가 살 생각 같은 건 안 해보셨습니까? 아무도 찾지 못할 곳에 꽁꽁 숨어서.

| 윤정 | … 갖고 싶다고 해서 다 가질 수 있는 건 아니니까요. 나중에 정말 소중한 사람이랑 어쩔 수 없이 헤어져야 할 날이 오면… 그때 스스로한테 묻고 대답해봐요. |

사이.

성권	어릴 때 수두를 크게 앓았습니다. 입안까지 수포가 올라와서 거의 일주일 가까이 멀건 미음만 삼켰는데 그때 머리맡에 앉아 하시던 어머니 말씀이 아직도 가끔 생각이 납니다. 먹일 수만 있으면 살점이라도 떼서 입에 넣어줄 텐데…
윤정	그런 게 엄마 마음이죠.
성권	아까 문득 그때 일이 떠오르더라구요. 금식 중인 신부님 입에 뭐라도 넣어드리고 싶어서 고구마 쪄내고 떡 굽고 했다 혼났다는 얘기 듣고.
윤정	에이, 난 아니에요. 난 그냥 원래부터 황소고집이라…

두 사람, 말없이 평상에 앉아 먼 산을 바라본다. 윤정의 나지막한 한숨.

| 성권 | 그럼 어떡할까요? 마음을 받는 것도, 주는 것도 겁을 내는 거면. |
| 윤정 | 글쎄요. 내가 만약 다시 젊은 시절로 돌아갈 수 있다면 |

(비밀처럼) 한 번 미친년 널뛰듯이 살아보고 싶은데. 총각더러 꼭 그러란 얘긴 아니구.

빙긋 웃으며 성권의 등을 한 번 두드린 다음 부엌으로 들어가는 윤정. 성권, 편안한 표정으로 하늘을 본다.
잠시 후 밖에 나갔던 혜원이 박씨와 함께 들어온다. 박씨는 한 잔 얼큰하게 마시고는 기분이 좋다. 혜원도 볼이 발그레한 것이 한 잔 받아 마신 모양이다.

박씨 죽은 마누라가 돌아온 것 같기도 하고 우렁각시 하나 생긴 거 같기도 하구.

혜원 그러시겠어요. 오랫동안 혼자 지내셨으니.

박씨 천천히, 내일이 됐든 모레가 됐든 얼마든지 촬영허구 가요.

혜원 정말요?

박씨 나야 우렁각시 붙잡아주니 좋고 PD아가씬 촬영해서 좋고. 누이 좋고 매부 좋고 도랑 치고 가재 잡고.

혜원 (애교 섞인 웃음으로) 저야 너무 감사하죠. 성권씨! 이 댁 주인아저씨.

성권 안녕하세요. 김성권이라고 합니다.

혜원 카메라감독이에요.

박씨 (악수하며) 아이고 반갑습니다. 박갑니다. 이렇게 큰일하시는 분들이 저희집에를 다 찾아주시고 영광이 무한합니다.

성권 별 말씀을. (혜원에게) 술 마셨습니까?

혜원 남이사 마시든 말든.

박씨 한 잔 드렸지요. 아, 우리나라 예의범절에 내 집 찾아온 손님한테 술대접 안 하는 그런 상놈의 전통은 없잖아요. 안 그래요?

성권 아, 예…

박씨 우리 PD아가씨가 주는 술 안 빼고 쪽쪽 빨아 마시는 게 어찌나 이쁘든지, 아들 하나 더 있으면 며느리 삼고 싶습다.

성권 어련하시겠습니까.

박씨 뭐요?

혜원 그래서요? (성권에게) 김감독 모르지? 아주머니가 어제 이 댁 김장까지 해 놓으셨대.

박씨 아 참… (부엌에 대고) 아줌마! 좀 나와 보슈.

윤정이 부엌에서 나온다. 혜원을 보자 멈칫하는 윤정. 박씨는 술김에 거드름을 피워대며 윤정에게 남편 행세를 하려고 든다. 박씨와는 눈도 못 마주치면서 내내 구시렁거리는 윤정.

박씨 이분들 식사 대접 좀 해야겠수. (혜원에게) 마누라 죽고 10여년 만에 처음으로 김장독에 김치가 꽉꽉 들어찼잖아. 배추김치, 총각김치에다 동치미까지. (윤정에게) 내

고깃간 가서 돼지고기 서너 근 끊어올까? 삶아서 김치 싸먹게.

혜원 어머! 침 넘어가.

박씨 이 사람이 손맛 하나는 기가 막힙니다. (윤정의 눈치를 보며) 추어탕 냄새 구수허니 좋다. 손님들 드실 만큼 넉넉하게 좀 끓이지.

윤정 (못마땅한 한숨) ……

박씨 (약간 눈치 보며) 아니면 엊저녁 먹었던 올갱이국 남았수? (부러 과장되게) 내 올갱이국이 다 거기서 거긴줄 알았는데 아니야. 지천에 널린 풀떼기 이것저것 뜯어다 넣고 된장 풀어 끓여놨는데, 아 글쎄 둘이 먹다 둘 다 죽어도 모르겠는 거지.

윤정 둘 다 죽었으니 모르지.

성권, 쿡 하고 웃는다. 겸연쩍은 듯 머리를 긁적이는 박씨.

박씨 없으면 좀 더 끓이지 그러우. 내 올갱이 잡아다 줄까?

윤정 이런 날씨에 어디 가서 올갱이를 잡아오시게요?

박씨 아줌마는 어디 가서 잡아왔는데…?

윤정 그게 올갱이에요? 논우렁이지. 뭘 알고나 잡숫든가, 모르고 잡쉈으면 말을 말든가.

혜원과 성권이 입을 틀어막고 킥킥거린다. 민망해진 박씨 괜히 헛기침한다.

박씨 저기, 이분들 오늘 주무실 거니까 빈방에 군불 좀 넣어
두슈.

윤정 빈방이 또 있어요?

성권, 이제 대놓고 큰소리로 웃는다. 혜원이 말려보지만 자기
도 간신히 참고 있다.

박씨 (문득) 근데 참! 저 아랫방 양반이 천주교 신부라는 게
참말이우?

윤정, 표정이 싸늘하게 굳어지기 시작한다. 급히 냉각되는 분
위기. 성권이 웃음을 꼴깍 삼킨다. 눈치 없이 신났다고 떠들
어대는 박씨.

박씨 이틀 밤이나 한 지붕 밑에서 자놓고 어째 그렇게 감쪽
같이 속일 수가 있수? 우리 큰며느리가 성당 댕기는데
진작 알았으면 내가 아무케도 신경을 더 쓰지.

윤정 됐으니 그만하세요.

박씨 가만. 근데 아줌마는 그럼 뭐유?

윤정, 대답 없다. 박씨도 더는 묻지 않고 입을 다문다. 어색한

침묵.

박씨 김치 많은데 술이나 한 잔 더 할까? 앉아있어요. 내 소주 한 병 가져올 테니.

성권 벌써 제법 취하신 거 같은데…

박씨 시골서는 다들 이러고 살아. 아침 먹고 한 잔 먹고 점심 먹고 한 잔 먹고 저녁 먹고 한 잔 먹고 자기 전에 한 잔 먹고. 딸꾹! 가끔은 자다 일어나 한 잔 먹고.

박씨, 부엌으로 들어가더니 소주병이랑 잔을 들고 나온다. 박씨가 나오자마자 부엌으로 휑하니 들어가 버리는 윤정.

박씨 저기 아침에 도토리묵 쒀논 거… (하다 윤정이 들어가 버리자) 김치랑 먹을 테니 신경 쓰지 마슈. (괜히) 무서워서 말도 못 붙이겠네. 평상시엔 수줍기가 십상 처녀 같은데 아랫방 영감 얘기만 했다 허면 도끼눈을 뜨고 잡아먹을 듯 저런다니까. (나지막이) 난 사실 저 양반이 아줌마 기둥서방 쯤 되는 줄 알았수다.

성권 아저씨!

박씨 알고 있으니까 소리 좀 작작 질러, 이 양반아. 저 노인네가 노망났지 내가 노망났나. 지금이사 아닌 줄 확실허니 알지만 나 아니라 누가 보더라도 둘이 이상하긴 좀 이상 안 합디까.

혜원 (바짝 다가앉으며) 전에 들렀던 마을에서도 소문이 무성하긴 했어요.

박씨 당연하지. 저러고 싸고도는 폼도 그렇고, 잠도 한 방서 잔다니까요.

혜원 방을 같이 쓰세요?

성권 그럼 방이 달랑 둘 뿐인데, 이 응큼한 아저씨랑 잡니까?

박씨 뭐야? 내가 뭐?

혜원 김감독 신경 쓰지 마시고 저랑 말씀하세요. 그러니까 두 분이 한 방서 주무신단 말이잖아요.

박씨 저 양반이 혼자 놔두면 엉뚱한 데로 막 가고 그러거든. 뒷간인지 부엌인지도 구분 못하고. (헛기침) 험… 사실 말이 났으니 말이지 꼭 살뎅이를 섞어야만 부부요? 저러고 붙어 댕기면 살만 안 섞었지 마음 오갈 건 다 오간 거 아니냐 그 말이지, 내 말이.

혜원 제 생각도 비슷해요. (소주잔을 부딪치며) 짠!

성권 그만들 하시지요.

혜원 (성권의 눈치를 보며) 얘기도 마음대로 못 해? 그냥 아저씨 생각일 뿐인데.

박씨 그럼그럼. 대한민국 자유민주주의국가!

혜원 (부러 깔깔거리며) 아저씨 정말 짱이시다. 그래서요?

조용히 밥상 들고 충현의 방으로 들어가는 윤정. 그 모습, 성권 혼자만 본다.

박씨   사실 늘그막에 저런 마누라 하나 있으면 정신줄 놔도 괜찮겠다 싶을 정도로 딱 내 스타일이야.

혜원   어머! 정말요?

박씨   근데…

윤정   근데요?

박씨   저런 얼굴은 서방 잡아먹을 상이거든. 얼굴에 외로울 고(孤)자가 덕지덕지 붙었어. 아마 조실부모했을 거고 머리를 올렸어도 결국 과부팔자로 외롭게 살았을 관상이우.

혜원   에이, 그런 게 어딨어요? 그리고 머리를 올렸는지 안 올렸는지 우리야 모르죠.

박씨   난 알지.

혜원   어떻게요?

박씨   (킬킬거리며) 이건 비밀인데… (은근히) 저 나이까지 배 한 번 안 지나갔더라구.

혜원   그게 무슨…?

혜원, 왠지 이상하다는 표정으로 성권을 돌아보며 찍으라고 신호 보낸다. 얼굴 굳어진 채 꼼짝 않는 성권. 혜원이 채근하지만 무시한다.

박씨 이 얘긴 절대 방송에 내보내지 마슈. 서울 사는 우리 아들 며느리 볼까 무서우니. 내 상거지 꼴을 하고 와서 재워달라는 아줌마한테 아무 대가도 바라지 않고 방을 내줬지 않았겠수. 내 방엔 여태 불 한 번 안 뗐는데 영감 방에다 군불도 넣어주고, 또 구해달라는 미꾸리 구해서 탕도 끓이게 해줬잖아. 아줌마가 감동 받은 거지. (키들거리며) 내 딴 건 몰라도 옆에 누울 여자는 좀 가리는 편인데 어쩌다 보니 일이 그렇게—

성권, 말릴 틈도 없이 달려들어 박씨를 한 대 친다. 그대로 쓰러지는 박씨. 성권이 그 위로 올라탄다.

성권 당신이 인간이야! 당신이!

혜원 (성권을 뜯어말리며) 하지 마, 김성권! 문제 만들지 말란 말이야!

성권 어떻게 저 착한 아줌마한테 그런 짓을 해! 저 아줌마가 당신 밥이야? 당신 같은 인간 처먹으라는 밥이냐구!

박씨 이런 씨부럴놈이! 물에 빠진 사람 건져줬더니 보따리 내놓으란다고, 당신들 촬영하는데 도움 될까봐 해준 말 아녀!

성권 (한 대 더 친다) 주둥이 닥쳐!

혜원 (붙잡으며) 이 또라이새끼. 너 그만하지 못해!

혜원과 성권이 실갱이하는 사이, 몸을 뺀 박씨가 곁에 있던 주전자로 성권의 머리를 때린다. 쓰러지는 성권.

혜원 김성권! 성권아!

혜원, 박씨에게 달려들어 박씨의 팔을 물어버린다. 소리 지르며 주저앉는 박씨. 성권이 벌떡 일어나 다시 박씨 위로 올라타 멱살을 잡는다.

그 사이 윤정이 방에서 나와 부엌 쪽으로 걸어간다. 마지막으로 충현의 방을 망연히 바라보다 홀연 사라지는 윤정. 그 모습 아무도 보지 못 한다.

성권 나이 처먹었으면 나잇값을 해! 순진한 시골영감 얼굴 해가지고 불쌍한 사람들 피 빨아먹지 말고.

박씨 그래, 쳐라 쳐. 막내아들 같은 놈한테 몇 대 맞아주고 내년 겨울까지 놀고 먹어보자!

혜원 그 손 놔!

기겁하는 박씨 표정 보고 고개 돌리는 성권. 혜원이 박씨 얼굴 위로 카메라를 번쩍 들어 올리고 있다.

성권 선배…!

박씨 오냐. 쌍으로 뎀벼라, 뎀벼! 카메라 비싸 보이는디 대구

빡에 제대로 뽀개여!

성권   영감탱이야, 주둥아리 못 닥쳐? (하며 멱살을 더 틀어쥔다)

박씨   (캑캑거리며) 숨! 숨 좀…!

혜원   (카메라를 내려놓고 박씨에게) 잘 들어요, 아저씨. 숨구멍이 똥꼬에도 달렸으면 그 얘기 여기저기 나불대고 다니시든가.

성권   확 기냥!

하고 성권이 박씨를 놓아준다. 그때 충현이 방문을 벌컥 열고 밖을 내다본다.

충현   왜 이렇게 시끄러!

모두의 시선이 충현에게로 쏠린다.

충현   밥 먹는데 남의 집 마당에서 뭣들 하는 거야?

박씨   남의 집? 아, 여기가 왜 영감님 집이우? 내 집이지.

혜원, 말없이 카메라를 들어올린다. 입을 꾹 다무는 박씨.

충현   임자! 옆에 앉아서 김치 올려주다 말고 어디 갔어?

황급히 부엌으로 들어가는 성권. 금세 다시 나온다.

성권   없어요!

혜원   뭐?

성권   부엌 뒷문으로 나간 거 같애요.

혜원   미치겠네!

성권과 혜원, 밖으로 뛰어나간다. 겸연쩍은 표정으로 일어나 먼지를 툭툭 털어내는 박씨.

박씨   (뒤에 대고) 거 멀리는 못 갔을 거요! (혼자말로) 봐서 데리고 살라 했드만… 험…

헛기침하며 그들 뒤를 따라나서는 박씨. 충현 혼자 남아 다른 세계 속을 헤매고 있다.

충현   임자! 호박마리아!

그때 젊은 윤정(40대 초반)이 밥상을 들고 들어와 평상에 내려놓는다.

충현   밥 차리다 말고 어디 갔다 와?

젊은윤정   안나아줌마네 텃밭에서 풋고추 좀 얻어왔어요. 추어탕

먹을 땐 매운 풋고추를 된장에 푹푹 찍어서 같이 먹어야 개운하게 땀이 쫙 나면서 감기가 뚝 떨어지잖아요.

충현 같이 먹게 어여 앉아.

젊은윤정 요놈 좀 씻구요. 신부님이나 식기 전에 얼른 드세요.

충현 씻긴 뭘 씻어. 약 쳐서 기른 놈도 아닌데.

젊은윤정 그래두요.

마당 수돗가에 쪼그리고 앉아 흐르는 물에 살랑살랑 고추를 씻는 젊은 윤정.

충현 (한 숟갈 뜨더니) 캬! 자넨 이렇게 맛있는 추어탕을 어디서 배웠어?

젊은윤정 외할머니한테요. 어머니 돌아가시기 전에 한 1년 외할머니가 와 계셨거든요. (추억하며) 다 죽게 생긴 딸 살려보겠다고 좋다는 음식 어지간히 해서 먹이셨는데… 그때마다 어머니가 맛만 보라면서 외할머니 몰래 조금씩 덜어주셨어요. 추어탕 한 그릇 먹고 나면 어쩐지 벌떡 일어나 밭일도 나갈 수 있을 것 같다시면서. 여섯 살 때였으니까 뭘 알아요. 그저 맛있게 먹었던 기억밖에 없죠. 보고 싶네요. 울 어머니… (콧물을 훌쩍거린다)

충현 나도 나중에 이 추어탕 먹을 때마다 자네 생각날까?

젊은윤정 나중 언제요?

충현 (웃는다) 그러게. 내 추어탕은 죽기 전까지 자네가 끓여

줘야지. 이 맛 낼 사람은 조선 팔도에 호박마리아뿐이니까.

젊은윤정　그럼요. 조선 팔도에 이 호박마리아뿐이지요.

구성진 목소리로 '밥타령'을 부르는 윤정.

젊은윤정　나라님 높다한들 밥 안 먹고 사나
　　　　　걸뱅이 없다한들 밥 못 먹고 사나
　　　　　있는 놈 먹어봤자 어차피 밥 한 공기
　　　　　없는 놈 굶어봤자 어차피 밥 한 공기

젊은 윤정, 다 씻은 고추를 들고 가 평상에 앉는다. 밥상 앞에 함께 앉은 신부와 식복사의 그림 같은 모습 너머, 구부러진 능선 저편에 윤정이 보인다. 끝끝내 돌아보지 않는 고집스런 등. 그래도 미련을 뚝뚝 흘리고 떠나는 왜소한 등.

한국 희곡 명작선 16

밥

초판 1쇄 인쇄일   2019년 1월 16일
초판 1쇄 발행일   2019년 1월 25일

지 은 이   김나영
만 든 이   이정옥
만 든 곳   평민사
　　　　　　서울시 은평구 수색로 340 [202호]
　　　　　　전화: (02) 375-8571(代)
　　　　　　팩스: (02) 375-8573
　　　　　　http://blog.naver.com/pyung1976
　　　　　　이메일 pyung1976@naver.com
등록번호   제251-2015-000102호
 정 가   6,000원

※ 이 책은 사단법인 한국극작가협회가 한국문화예술위
　 2019년 제2회 극작엑스포 지원금을 받아 출간하였습니다.